張秋生魔法童話 3

玫瑰山谷的
強盜醫生

張秋生 著

新雅文化事業有限公司
www.sunya.com.hk

魔法爺爺張秋生
寫給小朋友的話

美麗而神奇的童話城堡在哪裏？

它不在風景如畫的河岸上，不在羣峯對峙的懸崖上；它不在翠綠幽深的密林裏，也不在一望無際的沙漠和草原上。

美麗而神奇的童話城堡在哪裏？

在清晨和黃昏的閱讀中，在漆黑夜晚的夢境裏，它會時時出現在你的眼前，悄悄矗立在你的心坎裏。你奇幻的想像，美好的憧憬，真摯的情感陪伴着它。那裏面藏着神奇的故事，有趣的人物，藏着真善美，藏着你的驚歎、熱愛和悲歡，它是你

心中充滿激情的一角……

　　美麗而神奇的童話城堡在哪裏？

　　它在每一個純真孩子的心靈

裏……

　　現在，就讓我們打開手中的書

本，進入這個快樂而有趣的城堡吧！

張秋生

目錄

玫瑰山谷的診所

在一個很遠很遠的地方，有個很美很美的山谷。

山谷裏盛開着紅色、白色和金黃色的玫瑰，每當玫瑰盛開的季節，整個山谷裏瀰漫着濃烈的玫瑰香味，真使人陶醉。

你能想像嗎？

　　就在這美麗迷人的山谷裏，經常出現一夥強盜。

　　我們先不去理這些強盜們。

　　我們先說說山谷外面。在森林和小溪邊上，散落着好多小小的村莊，這些村莊裏住着老老少少的村民們，他們都是那麼善良、淳樸和熱情。

不過，也許是生活在山裏的緣
故，那裏的人們脾氣倔強又固執，

就跟山裏的石頭一樣，頂起牛來，能氣得你火冒三丈。

何以見得呢？

我們來看看靠近玫瑰山谷的那個診所就可以知道了。

這是一個小小的診所，在一座別緻的木頭房子裏，總共有三位醫生和一位護士。

大鬍子雷克醫生和胖醫生巴比

是看內科的，巴比醫生還兼帶着看牙科。小個子醫生比爾，是位外科大夫。護士小姐名叫艾芙妮。

　　三位醫生和一位護士的脾氣好極了，他們是從外鄉來的，誠心誠意地為山裏的村民們服務。可是，他們在這山裏工作了沒多久，幾乎都被氣得夠嗆。

　　村民們的病並不難治，難以對付的是這些病人的固執。你瞧，大鬍子雷克醫生，剛為一個胖子杜滋先生檢查完身體。

雷克醫生對胖子杜滋先

生說：「你得控制體重，你太

胖了，肚子太大了，這會給你

帶來麻煩的，你必須減肥。」

　　「我怎麼才能減肥呢？」杜滋
先生摸着他肥肥大大的肚子說。

　　「你不能吃得那麼多，少喝啤
酒、少吃牛排、巧克力，多吃蔬菜和
水果，多運動……」雷克醫生一口氣
說了許多。

「天哪！雷克醫生，你還讓我活不？啤酒、牛排、巧克力，這些都是我的命。我不是一隻山羊，我不想吃那些難吃的蔬菜，也不想吃水果，我更不想運動，我不是一隻蹦蹦跳跳的小鹿⋯⋯」胖子杜滋激動地說。

「病人和醫生，誰聽誰的？」雷克醫生有點生氣了。

「反正，我不想聽一個要我命的人的話，因為啤酒、牛排、巧克力，就是我的命，有比命更重要的

嗎？」杜滋先生說，「我不能讓你
奪走我的『命』，不能聽你的！」

　　雷克醫生的血壓馬上升高了，
氣得大鬍子直哆嗦。

駝背的辛古太太

　　小個子比爾醫生，今天接待的
第一個病人是辛古太太。

　　辛古太太背駝了，眼睛也不好，
她一見比爾醫生就說：「比爾醫生，
我的腰太酸了，腿也痛，還有一隻肩
膀酸痛，手臂都抬不起來了⋯⋯」

　　比爾醫生檢查了一下辛古太

太的腰、腿和手臂說：
「你得了關節炎、腰肌
勞損、肩周炎，你的筋
骨很不好，你不能幹重
活，必須少走
路多休息。」

　　這時，一旁幫着比爾醫生整理醫療器材的艾芙妮護士説：「辛古太太，我常常看見你背着一大筐蘋果在山間行走。你還每天送孫子上學，連孫子的書包都是你背的，你太辛苦了，這對你可不太好。」

　　「什麼？」比爾醫生説，「你不能幫孫子背書包，這太過分了！你什麼重活也不許幹，你得休息！」

　　「我得休息？」

　　辛古太太跳了起來。她説：

「你以為我孫子愛吃的蘋果，會從
樹上跳下來，唱着歌、排着隊、跳
着舞自己走進我的屋子來？你讓我
的孫子沒水果吃，而我卻躺在牀上
休息，這像話嗎？」

「你得聽比爾醫生的話。」艾芙妮小姐說，「他這是為你好。」

「我只聽我孫子的話！」辛古太太激動地說，「你有孫子嗎？你能看着你的小孫子自己去上學嗎？他在路上摔跤了怎麼辦？他能背着那麼重的書包嗎？你沒孫子，你不懂！」

艾芙妮小姐說：「也許，過很多年以後，我也會有孫子的，但我絕對不會這樣對待他，我要讓他自己背書包上學，我認為摔跤沒有什

麼可怕的，自己爬起來就是了，他
得學會自己爬起來。」

　　「而且，必須讓他學着幹
活。」比爾醫生補充說。

　　「我才不會聽你們說風涼話，
你們沒當過奶奶，你們不理解我的
心情！」辛古太太尖聲叫起來，好

像有誰欺負了她。

辛古太太病也不看了，「嗖」地跑了出去，好像她的關節炎全好了。

這讓比爾醫生和艾芙妮小姐看得目瞪口呆。

雅頓先生和林丁先生

胖醫生巴比，今天幾次差點昏過去。

他並沒有高血壓，也沒有心臟病、貧血什麼的，他是給氣昏的。

巴比醫生今天看的第一個病人是雅頓先生。

雅頓先生來看牙，他一張開

嘴，那股味道就讓巴比醫生受不了。巴比醫生一檢查，發現病人有八顆蛀牙，有一顆牙得拔掉，同時還患有牙周炎。

巴比醫生問雅頓先生：「你有

多少日子沒刷牙了？」

雅頓先生說：「多少日子？你問這是什麼意思？」

巴比醫生重複一句：「我是問你有多少日子沒刷牙了？」

「多少日子？沒多少日子，我從來沒有刷過牙！」雅頓先生理直氣壯地說。

「怪不得！好好的一口牙，全讓你給弄壞了。」巴比醫生說，「你必須刷牙，否則的話，這些牙全得壞掉。到時候，我只能用拔牙

27

鉗子來和你説話了！」

　　「你這是威脅我！」雅頓先生漲紅了臉説，「每天打水，擠牙膏，然後『咕嚕嚕、咕嚕嚕』地漱口，『吱呀呀、吱呀呀』地上上下下刷牙，再『咕嚕嚕、咕嚕嚕』地漱口吐掉，然後還得『嘩啦啦、嘩啦啦』地洗牙刷，365天，天天如此，我可受不了，我沒這閒工夫。把牙拔光，再不用刷牙，那才好呢！」

　　「你必須改掉不刷牙的壞習

慣！」巴比醫生生氣地說。

「我必須堅持不刷牙的好習慣！」雅頓先生毫不退讓。

直到氣得巴比醫生臉色發白，雅頓先生才捂着他的腮幫子跑開了。

緊接着進來的是瘦子林丁先生。

林丁先生一坐下，巴比醫生的小桌子就開始「咔咔咔」地震動起來，就像鬧地震一樣。怎麼回事？

原來，是林丁先生在一刻不停

地劇烈咳嗽。

　　從林丁先生身上冒出來的煙味
兒，讓巴比醫生覺得，他是在和一

隻用了30年的老煙斗說話。

這股味兒讓巴比醫生實在受不了。

「咳、咳、咳、咳……」等一陣劇烈咳嗽完了，林丁先生趕緊從嘴裏冒出一句話，「我看咳嗽。」

接下來又是一連串的咳嗽，等稍停一下，林丁先生馬上從口袋裏摸出一支煙說：「能抽一支嗎？」

「不能！」這次是巴比醫生冒煙了，他氣得瞪大眼睛說，「你知道嗎？你的咳嗽就是抽煙引

起的。」

「那麼說，咳、咳、咳、咳……」林丁先生不聽勸告，還是點燃了煙，他吐出一口濃濃的煙說，「那麼，就是說，咳、咳、咳、咳……我明白是怎麼回事了，我不用看醫生了！」

說着，他又噴出一股股的濃煙，離開了診所，診所馬上變得煙霧瀰漫。

「咳、咳、咳、咳……」這次輪到巴比醫生劇烈地咳嗽起來。

診所裏的黑燈會議

夜深了。

病人都走了，診所關上了門，
裏面空蕩蕩的。

可是，在診所一角的小房間裏，
有幾個人影在悄悄地商量着什麼。

由於沒開燈，誰也不知裏面是
誰，只見人影晃動。

　　只聽見有人發出沉重的歎息，
有人沙啞地說話，有人激動地叫
喊，還有人在低聲嘀咕着。

　　最後迸出這幾句：

　　「沒有辦法，我們只好冒險
了！」

　　「讓我們去玫瑰山谷當強盜！」

「幹吧，我們會成為最出色的
強盜！」

看來，這是一夥強盜，利用這
空蕩蕩的診所，開着神秘而恐怖的
黑燈會議。

可憐的山羊

　　從此，平靜的玫瑰山谷裏，出現了一夥強盜。

　　據說，強盜一共有四名。為首的是藍鬍子大盜，還有兩位是大個子胖強盜和小個子瘦強盜。第四位是女強盜，同伴叫她「長髮女盜」。

第一個發現山谷裏有強盜的是胖子杜滋先生。

你們總記得杜滋先生有幾條命吧，對了——啤酒、牛排和巧克力。

他至少有這三條命，這是他的命根子，他寧肯不減肥，也要保他的這三條命。

這天，胖子杜滋先生挺着肥大的肚子，在玫瑰山谷裏慢慢走着。他剛從城裏回來，肩上背着一隻布包，布包裏面放着的就是他的命——啤酒、牛排和巧克力。

儘管他走得很累，滿頭大汗，但心裏卻是美滋滋的，因為一到家，他就能享用這些美味了。

　　剛走過一片黃色的玫瑰花叢。說時遲，那時快，從花叢後面猛地跳出一個長着一臉藍鬍子的蒙面大盜，用一把槍頂住胖子杜滋先生的肚子，低聲說道：「乖乖站住！」

　　杜滋先生從來沒遇到過強盜，他嚇得乖乖站住了。

　　杜滋先生用哆哆嗦嗦的聲音問藍鬍子大盜：「你是不是像書裏的

強盜那樣，要我舉起雙手。」

　　大盜說：「不必了，但你必須把袋子裏的東西交出來，或者扔掉！」

　　「不！」杜滋先生突然變得

強硬起來，「籃子裏裝着的是我的命，我不能把命扔掉，我寧可把自己扔掉！」

「什麼？」藍鬍子大盜發火了，他那硬邦邦的槍，把杜滋先生的肚子頂得很痛，「沒有了你自己，你還有命嗎？你自己才是你真正的命，這比袋子裏的『命』重要得多！我看你還是把東西交給我！」

　　杜滋先生想想倒也是，自己都沒有了，還留下啤酒、牛排、巧克力幹什麼；留住了自己，以後還可以享受這些美味的。於是，他乖乖地交出了袋子裏的東西。

　　「可是，我肚子餓得厲害，我也口渴得很，我回家吃什麼東西呢？」杜滋先生又發愁了。

　　「來吧！」藍鬍子大盜一揮手，從玫瑰花叢後面走出來一位長髮披肩的女強盜，她手中拿着一籃

青菜和水果。

藍鬍子大盜指着籃子裏的兩個蘋果說：「你現在就把它吃下去，它能解渴還能幫你減肥！」

「不，我從來不吃蘋果，我討厭這玩意兒！」杜滋先生厭惡地說。

「吃！」杜滋先生感覺那把槍在自己的肚子上抖了一下，他趕快拿起蘋果，「咔嚓、咔嚓」地吃了起來。

也許是口渴了，他覺得從來沒有吃過這麼好吃的蘋果，這比牛排、巧克力好吃多了。蘋果香甜爽脆、汁多味鮮，比啤酒還惹人喜愛。

　　他一口氣把兩個蘋果都吃掉了，邊吃還邊說：「能再給我兩個嗎？太好吃了！」

　　長髮女盜指指籃子說：「青菜下面，還有好多呢！」

　　「那就謝謝了！」杜滋先生接過籃子說，「我可以離開這裏了

嗎？」

「當然可以！」藍鬍子大盜收起了那把可怕的槍。

杜滋先生戀戀不捨地看着放在地上的啤酒、牛排和巧克力，喃喃自語地説：「我要回家吃炒青菜了，我是可憐的山羊！」

瘦骨伶仃的「稻草人」

「可憐的山羊」走了沒多久，瘦子林丁先生的咳嗽聲，開始在玫瑰山谷裏迴蕩了。

林丁先生叼着栗木製成的大煙斗，他的布口袋裏放着一大包煙草，還有幾條紙煙，這是他剛買回來的一個星期的「口糧」。

他一面走，一面吐着煙，還不時地劇烈咳嗽着。

他剛走過一叢白色的玫瑰花旁。

「站住！」突然，從玫瑰花後面，跳出一個胖胖的強盜，「你的咳嗽讓人受不了，連這玫瑰花叢也受不了，你自己受得了嗎？」

「咳咳……我自己……咳咳咳……受得了……」林丁先生吐了一口煙說。

「我以不吸煙的人們的名義，

以玫瑰花的名義，以你自己和你的妻子兒女的名義，命令你把口袋放下來！」胖子強盜用槍頂住林丁先生的脊背，使勁把林丁先生手中的口袋奪了下來。

「天哪，行行好，我沒有煙活不了。」林丁先生緊張得連咳嗽都忘了，他想去奪回那個口袋。

「不許動！你要煙，還是要命？」

林丁先生嚇壞了，他說：「我要命，當然也想要煙！沒有煙我怎

麼過日子？」

「就是要讓你過過沒有煙的日子。你坐下來，煙癮上來了可以聞聞煙斗的味兒。」胖子強盜拿出布口袋裏的煙草和紙煙，使勁一扔，這些東西就飛到山谷邊上的小溪裏去了。它們被湍急的水流吞沒了。

布袋飛回到林丁先生的身邊。

「我的煙，我離不了的煙！」林丁先生號叫起來。這時，他的煙癮又上來了，就只好抱着他的大煙斗，使勁兒聞着裏面

散發出來的煙味兒。

　　胖子強盜不准林丁先生離開這裏，他吹了個口哨，從玫瑰花叢後面，又走出了藍鬍子大盜。

　　兩個強盜在山谷裏架起木柴，點起了火，在篝火邊烤起了剛才那「可憐的山羊」杜滋先生留下的牛排。

　　牛排「吱吱」地冒出沫兒來，肉的香味瀰漫在山谷裏。這時，林丁先生忘記了煙癮，他的肚子開始叫起來。他從來沒有覺得這樣嘴饞

過，望着快烤熟的牛排，口水直往下淌，連煙斗都扔在了一邊。

林丁先生懇求説：「好心的強盜先生，請讓我享用一塊牛排吧！」

「當然可以。」藍鬍子大盜説，「就算我們用這牛排換你剛才的煙吧，不過你還得做出一點貢獻。」

「我什麼都沒有了，還貢獻什麼？」林丁先生可憐巴巴地攤開雙手説。

「牛排快烤熟了，可是還缺少一點點木柴。」藍鬍子大盜說。

　　「你不是還有點木柴嗎？就貢獻出來吧，我們不會忘記你的幫助的。」說着，胖子強盜隨手拾起林丁先生身邊的大煙斗，把它扔進了火裏。

　　「天哪，我的煙斗完了！」林丁先生像被割了一塊肉一樣。

　　煙斗變成最後的一片火光，不一會兒肉就烤熟了。

　　「謝謝你的幫助。」藍鬍子拿

來一塊烤得香噴噴的牛排，給林丁
先生。林丁先生像一隻狼似的嚼了
起來，油從他的嘴角淌了下來，他

一輩子從來沒有吃過這樣好吃的牛排。林丁先生邊嚼邊下決心，回家一定要省下錢來，買牛排烤着吃。

兩位強盜為他倒上一大碗啤酒，說道：「林丁先生，你太瘦了。啤酒是液體麵包，它能增加你的營養，會讓你胖一點的。」

林丁先生以前除了煙，什麼也不想吃，現在「吧嗒吧嗒」地嚼着肉，「咕嘟咕嘟」地喝着啤酒，他快活得像個神仙似的，連咳嗽也奇跡般地好了。

　　瘦子林丁先生真不捨得離開這兩位可愛的強盜，但他必須要回家了。

　　分別的時候，林丁先生突然想起了他的煙和煙斗，他歎了口氣：「唉，我這一星期怎麼過呀？」

　　胖子強盜送上一包巧克力說：「煙癮上來了，想抽煙的話就吃這個，美味又有營養，你不僅不會咳嗽，而且還會胖起來的。你太瘦了，瘦得就跟稻草人似的。」

　　「謝謝，兩位強盜先生，『稻

草人』向你們告別了。」説着，林丁先生就捧着巧克力走了。

他塞了一塊巧克力在嘴裏，津津有味地嚼着，越走越遠……

辛古太太的蘋果被搶了

　　「稻草人」走了不久，玫瑰
山谷的小路上走來一位駝背的老
太太。

　　老太太背着一筐蘋果，一步一
喘地走着。

　　老太太走過一叢紅色的玫瑰花
旁，剛放下蘋果筐，想休息一下。

這時，從玫瑰花叢後面，衝出了一位矮個子強盜，他手裏揮舞着一把短劍。

「你是誰？」矮個子強盜大聲地問道。

「應該說說你是誰？我是人人都知道的辛古太太。」老太太生氣地說。

「告訴你，辛古太太，這筐蘋果歸我了。」矮個子強盜用他的短劍指指蘋果筐說。

「對不起。它不歸我，也不歸

你，它是我孫子小貝貝的！」辛古太太瞪了強盜一眼說。

「但它現在歸我了！你現在回家躺着睡覺吧，這對你的身體有好處。」矮個子強盜說。

「你這口氣，不像強盜倒像是醫生。」

「不，我是強盜，從來沒當過醫生。」強盜生氣地說，「我認為現在你需要的不是幹活，而是躺下來休息。」

「我連醫生的話都不聽，會聽

你的嗎？我現在得把這筐蘋果背回去，我的孫子要上學了，我還得幫他背書包，送他上學呢！」辛古太太捶捶自己的腰背説。

「你的孫子沒有長腿嗎，要你送他上學？你的孫子沒有肩膀嗎？要你替他背書包？」

「不許你胡説！」辛古太太非常冒火，「你這粗暴的強盜，我願意幫他背書包，我喜歡送他上學，你管得着嗎？」

「但是我不願意！」這時，辛

古太太的孫子小貝貝突然出現在她的眼前，就像是誰施了魔法一般，小貝貝自己背着書包，很神氣地笑着。

小貝貝說：「奶奶，這位強盜叔叔說得對，我該自己上學，放學後我還要自己去摘蘋果、幹活，這樣才像個小男子漢。奶奶，您就同意吧，以後我會幫您幹所有的活，您就多休息吧！」

沒等辛古太太說話，小貝貝就向她說聲再見，背着書包蹦蹦跳跳

地跑了。

這時，辛古太太發現，她的身邊又多了個長髮女盜，準是她和矮個子強盜聯手導演了這齣戲。

辛古太太沒有理睬這兩個強盜，轉身就去追小貝貝了。

她的小孫子從來沒有走得這麼歡快過，一眨眼就不見影兒了，辛古太太哪裏追得上。等到她再轉回身來，強盜和她的那筐蘋果都不見了。

辛古太太大聲地嚷起來：「真是夥貪心的、不講道理的強盜，這

71

太氣人了！」

　　可是有誰再來聽她的呢？辛古太太無可奈何地回了家。

　　空着手走路輕快多了，辛古太太覺得她的腰腿不那麼酸痛了，也

不再喘得厲害了。

當辛古太太走進院子，她嚇了一跳，那筐蘋果就放在院子裏的圓桌上，裏面的蘋果一點也沒少。

蘋果筐邊上，還放着一張紙條，上面寫着：

你的多病的身體命令你，你必須多休息，讓孫子多幹點活，他會長得更結實。

—— 兩個不是醫生的強盜

74

辛古太太的蘋果被搶了

杜滋先生變成「健康的山羊」

「瞧一瞧，是不是我們要等的那一位！」

「不。」胖子強盜說，「這不是那位，好像是胖子杜滋先生。不過，他現在已經不那麼胖了，走起路來輕快多了。」

不一會兒，杜滋先生來到了

強盜們的身邊，他的肚子變小了，身材變得好看多了，手裏還提着一個籃子，裏面裝着啤酒、牛排和巧克力。

他和強盜們開玩笑説：「強盜女士和先生們，我又要用我的『命』來換你們的蔬菜和水果了。」

杜滋先生告訴強盜們，自從那天在這裏吃了美味的水果，回家又吃了炒青菜，味道太好了，現在已經迷上了水果和蔬菜，並且很少喝啤酒、吃牛排和巧克力了。加上適

當的運動，他的減肥取得了圓滿的
成功。

　　「今天，」杜滋先生又在無意
中摸着自己已經消失的大肚子說，
「我又用這些東西來換你們的水果
和蔬菜了，你們不會反對吧？」

「不，我們非常願意！」長
髮女盜笑着說，她從背後
拿出一隻早就準備好的籃
子，裏面裝着最
新鮮的水果和蔬
菜，把它和杜滋

先生的籃子進行了交換。

「謝謝你們，好心的強盜們，你們搶走的不是我的『命』，而是我不良的飲食習慣和我討厭的大肚子。

現在，我生活得非常輕鬆、愉快，
我不用擔心高血壓和心臟病來煩我
了⋯⋯」

　　「你還是『可憐的山羊』
嗎？」藍鬍子大盜笑着問。

「也許，我會變成一隻山羊，但絕不是可憐的山羊！」杜滋先生提着籃子，邁着輕快的步子高高興興地走了。

林丁先生也想當強盜

不一會兒，瘦子林丁先生來了。

他手裏提着水果、蔬菜和其他食品，來和強盜們交換啤酒、牛排和巧克力，並和他們一起聚餐。

瘦子林丁先生比以前壯實多

了，他的臉上、手臂上開始有肉了，臉蛋也沒那麼凹陷，下巴也有點圓了。

他一見強盜們就說：「有什麼比戒煙還痛快的？我終於不咳嗽了，我還發現我有唱歌的天賦，我的嗓子挺不錯，鎮上的合唱隊邀請我參加……」

「祝賀你。」強盜們說。

「我拿來了水果和蔬菜，和你們交換，還是讓我們一起來享用烤牛排和啤酒吧！和你們在一起，真

讓我打心眼兒裏高興。」

「是嗎？我們歡迎你！」矮個子強盜說。

他們一起用乾枯的樹枝燒起篝火，烤牛排吃。

林丁先生說：「我太羨慕你們了，能讓我也來做強盜嗎？做這樣的強盜太開心了。」

　　「不行。」藍鬍子大盜說，「我們是沒辦法才當強盜的，我們有我們的秘密。你不應該當強盜，你會成為歌唱家的——在你們的合唱隊裏。我們可以把你叫作『玫瑰山谷強盜們的朋友』。」

　　「啊，太酷了！玫瑰山谷強盜們的朋友！」林丁先生說，「這已經讓我感到非常自豪了。」

這時，他們發現，有位老太太也來到玫瑰山谷。

長髮女盜一看就知道：「是辛古太太！」

辛古太太再也不是搖搖晃晃，她走得很輕快，手裏還提着個小筐。

經過了充足的休息，並吃了醫生開的藥，辛古太太完完全全恢復了健康，顯得年輕多了。今天，她來送上一小筐她親手摘的蘋果，要謝謝玫瑰山谷裏的強盜們。

辛古太太說：「你們給了我兩樣最珍貴的東西：一是健康的身體；二是一個勤勞的、壯實的、懂事的小孫子，一個比什麼都寶貴的小男子漢！」

強盜們也謝謝辛古太太的好意。

大家一起喝着啤酒，吃着牛排，品嘗着辛古太太送來的蘋果。

突然，胖子強盜跳起來說：

「夥計們，準備好，我們等的那個

人來了！」

　　強盜們拔出了刀槍和短劍。

　　這時，林丁先生才發現，那把曾經在他的脊背上抖動的嚇人的「手槍」，原來是一把兒童玩具槍。

　　強盜們要等的那個人是誰呢？

強盜施的魔法

黑影兒逐漸靠近了。

這時大夥才看清，正是捂着腮幫子的雅頓先生。

雅頓先生的牙疼病又犯了。

胖子強盜迎上前去，用手槍頂着雅頓先生說：「對不起，你是雅頓先生吧！」

「是的，我是正在牙疼的雅頓先生。」這個人皺着眉頭，表情痛苦地說。

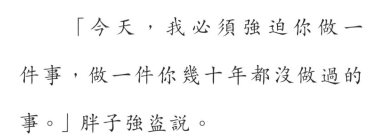

「今天，我必須強迫你做一件事，做一件你幾十年都沒做過的事。」胖子強盜說。

「什麼事？不會讓我去殺人吧！」雅頓先生驚恐地說。

「不是殺人，是救人。」胖子強盜說，「這是救人的工具，請拿着。」

雅頓先生接過東西一看，是一個漱口杯，一把牙刷和一支防蛀牙膏。

「天哪，連醫生都知道，我拒

絕刷牙，我一輩子都沒有刷過牙。我現在、今後都不會刷牙，那玩意兒太討厭、太麻煩了！」雅頓先生變得強硬起來。

「我們不是醫生，是強盜。醫生們幹不了的事，強盜能幹。你今天不刷牙休想離開這裏。再

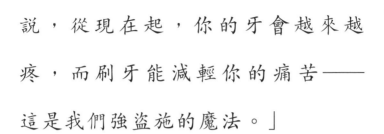

說，從現在起，你的牙會越來越
疼，而刷牙能減輕你的痛苦——
這是我們強盜施的魔法。」

　　果然，雅頓先生的牙越來越疼
了，疼得他滿地打滾。

　　「就是說，我非刷牙不可？」

　　「對！」

　　「就是說，刷牙能減輕我的
牙疼？」

　　「對！」

　　「就是說，這是你們強盜施的
魔法？」

「對！」

「就是說⋯⋯」

「不許說了，你一張嘴那股臭味兒讓人受不了。」藍鬍子大盜插嘴了，「就是說，你必須刷牙，現在就刷！」

「快刷吧，這對你有好處的。」在邊上看熱鬧的林丁先生和辛古太太也說話了。

雅頓先生在小溪裏盛了水，「咕嚕咕嚕」漱口，「嚓嚓嚓嚓」地刷起牙來。

不一會兒牙刷好了，雅頓先生呵呵嘴巴說：「咦，牙疼是好些了，嘴裏也涼颼颼的，好舒服。」

「所以，你必須刷牙！」胖子強盜說。

「每天都『咕嚕咕嚕』地

漱口，每天都『嚓嚓嚓嚓』地刷牙？」雅頓先生有點無可奈何。

「一年365天，天天如此。」胖子大盜接過雅頓先生的話說，「你必須堅持天天刷！」

「這有什麼麻煩的。」辛古太太說，「我今年83歲了，我從3歲開始自己刷牙，已經刷了80年，每天早晚各一次，你算算我刷了多少次牙？」

算術不錯的林丁先生說：「2×365×80 = 58,400次。」

「天哪，58,400次！」雅頓先生驚訝地說。

「對，正是由於天天刷牙，你瞧我的牙……」辛古太太咧開嘴，露出一口整齊潔白的牙齒，「我從來不知道牙疼是怎麼回事。」

「這太讓人羨慕了。」雅頓先生說。

「我想冒昧地問你一個問題。」林丁先生對着雅頓先生說，「你的孩子願意親你一下嗎？」

雅頓先生臉紅了，一直紅到脖根：「我兒子說什麼也不願意親我，他嫌我的嘴太臭了。」

「是啊，和我以前一樣。」林丁先生說，「我以前煙不離口，滿嘴煙臭味，我女兒從來不願意親我一下。」

現在呢，我戒煙了，女兒每天甜甜地親我兩次，真讓我感到幸福。」

「哦，太好了，假如我的兒子每天能親我兩次，我太高興了。」雅頓先生興奮起來，「就是說，我每天都要刷牙對嗎？」

「對，最好刷兩次！」辛古太太說。

「你今年36歲，你已經少刷了33個年頭了。」胖子強盜說。

看着雅頓先生遠去的背影，大夥兒都愉快地笑了。

強盜們的秘密

　　關於玫瑰山谷裏的強盜們的故事，可以結束了，我只想在故事結尾的時候再講兩句話。

　　一句話是，在玫瑰山谷裏流傳着一句人人皆知的話，那就是：「假如你不聽醫生的勸告，玫瑰山谷裏的強盜們就會找上你。」

另一句話是，「有人總覺得這
四個強盜好面熟。」那麼就請你想
想，看他們像誰？

張秋生魔法童話 3
玫瑰山谷的強盜醫生

作　　者：張秋生
插　　圖：聶輝
責任編輯：陳友娣
美術設計：游敏萍
出　　版：新雅文化事業有限公司
　　　　　香港英皇道499號北角工業大廈18樓
　　　　　電話：(852) 2138 7998
　　　　　傳真：(852) 2597 4003
　　　　　網址：http://www.sunya.com.hk
　　　　　電郵：marketing@sunya.com.hk
發　　行：香港聯合書刊物流有限公司
　　　　　香港新界大埔汀麗路36號中華商務印刷大廈3字樓
　　　　　電話：(852) 2150 2100
　　　　　傳真：(852) 2407 3062
　　　　　電郵：info@suplogistics.com.hk
印　　刷：中華商務彩色印刷有限公司
　　　　　香港新界大埔汀麗路36號
版　　次：二〇一九年一月初版

ISBN: 978-962-08-7170-2
© 2019 Sun Ya Publications (HK) Ltd.
18/F, North Point Industrial Building, 499 King's Road, Hong Kong
Published and printed in Hong Kong